Siegfried Lenz

Das Wunder von Striegeldorf

Hoffmann und Campe

Vieles hat sich unter Weihnachten in Masuren ereignet, weniges aber kommt an Merkwürdigkeit gleich jenem Vorfall, den mein Großonkel, ein sonderbarer Mensch mit Namen Matuschitz, auslöste. Ich möchte davon erzählen auf jede Gefahr hin.

Heinrich Matuschitz, ein fingerfertiger Besenbinder, hatte sich an einem fremden Motorrad vergangen und war für wert befunden, einzusitzen für ein halbes Jahr. Er saß zusammen mit einem finsteren Menschen namens Mulz, der ein alter Forstgehilfe war und dem die Wilddiebe, hole sie der Teufel, zwei Frauen nacheinander von der ehelichen Seite fortgefrevelt hatten, woraufhin Otto Mulz in gewalttätigem Kummer den ganzen Striegeldorfer Forst anzündete.

Gut. Die Herren leisteten sich rechtschaffen Gesellschaft in ihrer Zelle, beobachteten die berühmten Striegeldorfer Sonnenuntergänge, plauderten aus ihrem Leben, und derweil taten Wochen und Monate das, wovon sie, scheint's, niemand abbringen kann; sie strichen ins Land, rückten vor, diese Monate, bis zum Dezember, brachten Schnee mit, brachten Frost, bewirkten, daß das schmucklose Gefängnis beheizt wurde, taten so, was man von ihnen erwartet. Insbesondere aber brachten sie näher gewisse Termine, und mit den niederen Terminen auch den Obertermin sozusagen: den Heiligen Abend nämlich.

Nun fällt es einem Masuren schon schwer genug, auf die Annehmlichkeiten der Freiheit im Allgemeinen zu verzichten, furchtbar aber wird es, wenn man ihn zu solchem Verzicht auch am Heiligen Abend zwingt. Demgemäß wandte sich Heinrich Matuschitz, mein Großonkelchen, an seinen Zellenbruder, sprach ungefähr so:
»Der Schnee, Otto Mulz«, so sprach er, »kündigt liebliches Ereignis an. Nimmt man den Frost noch hinzu und das Gefühl im Innern, so muß der Heilige Abend nicht weit sein. Habe ich richtig gesprochen?«

»Richtig«, sagte der alte Forstgehilfe.

»Also«, stellte mein Großonkelchen befriedigt fest.
Dann starrte er hinaus in den wirbelnden Flockenfall,

sann, während er sich am Gitter festhielt, ein Weilchen nach, und nachdem ein neuer Gedanke ersonnen war, sprach er folgendermaßen: »Das Ereignis«, so sprach er, »das liebliche, es steht bevor. Jedes Wesen in Striegeldorf und Umgebung ist angehalten, sich zu freuen. Die Menschen sind angehalten, die Hasen, die Eichhörnchen, und schon gar nicht zu reden von den Kindern. Nur wir, Otto Mulz, sollen gebracht werden um unsere Freude. Weil sich aber jedes Wesen zu freuen hat an diesem Termin, müssen wir ersinnen einen Ausweg.«

»Man will uns«, sagte der alte Forstgehilfe, »die Freude stehlen.«

»Eben«, sagte Heinrich Matuschitz, mein Großonkelchen. »Aber wir werden uns, bevor es dazu kommt, die Freude besorgen, und zwar da, wo sie allein zu finden ist: in der Freiheit. Wir werden uns zum Heiligen Abend beurlauben.«

»Das ist, wie die Dinge liegen, gut gesagt«, sprach Mulz. »Nur wird der alte Schneppat uns nicht bewilligen solchen Urlaub zu Freude. Unter den Aufsehern, die ich kenne, ist Schneppat der schlimmste. Man wird uns, schlickerdischlacker, gleich wieder schnappen, zumal durch meine persönliche Feuersbrunst verlorengegangen sind die schönsten Verstecke im Walde.« Bei diesen Worten wies er mit ordentlicher Bekümmerung auf die traurigen Baumstümpfe, die vom Striegeldorfer Forst nachgeblieben waren.

Das Großonkelchen indes gnidderte, das heißt, lachte versteckt, legte dem Otto Mulz einen Arm um die Schulter, winkte sich sein Ohr ganz nahe heran und sprach:

»Uns wird«, so sprach er, »überhaupt niemand vermissen, kein Schneppat und niemand. Denn wir werden zurücklassen unser Ebenbild. Wir werden hier sein und nicht hier.«

Was Otto Mulz dazu brachte, mein Großonkelchen zuerst erstaunt, dann mißtrauisch und schließlich mitfühlend anzusehen und nach einer Weile zu sagen:

»Manch einen, Heinrich Matuschitz, hat große Freude schon blöde gemacht. Denn erkläre mir, bitte schön, wie ein Mensch gleichzeitig sein kann bei dem lieblichen Ereignis in der Freiheit und hier in der Zelle.«

Obwohl diese Worte, man wird es zugeben, nicht unbedingt höflich waren, verlor das Großonkelchen weder Faden noch Geduld, sondern begann mit listigem Lächeln zu flüstern, und zwar flüsterte er dermaßen vorsichtig, daß nicht einmal etwas für diese Erzählung erlauscht werden konnte. Sicher ist nur, daß er dabei den Otto Mulz, sei es überredete, sei es überflüsterte, denn das finstere Gesicht des alten Forstgehilfen hellte sich auf, spiegelte Teilnahme, spiegelte Begeisterung, und zuletzt spiegelte es – na sagen wir: Verklärung.

Und dann begab sich folgendes: Heinrich Matuschitz, mein Großonkelchen, aß kein Brot mehr – ebensowenig aß es sein Zellenbruder; jede Ration wurde unter dem Bett versteckt, wurde gestreichelt und gehütet, während das liebliche Ereignis unaufhaltsam heraufzog. Die einsitzenden Herren wurden, je näher das Ereignis kam, unruhiger, gespannter und flattriger, man plauderte nicht mehr aus dem Leben, fand keine Zeit zu müßiger Beobachtung; alles an ihnen war nur noch eingestellt in Richtung auf das Kommende und auf das, was zwischen ihnen geflüstert war.

Und eines Morgens, nachdem der Frost sie muntergekniffen hatte, erhob sich Heinrich Matuschitz und gab preis, was er so sorgfältig auch vor uns verborgen gehalten hatte; fingerfertig, wie mein Großonkelchen war, zog er das gesparte Brot unter dem Bett hervor, benetzte es auskömmlich und begann, weiß der Kuckuck, aus dem weichen Brot den Kopf des alten Forstgehilfen zu kneten. Walkte und knetete mit einem Geschick, daß sich dem Otto Mulz die Sprache versagte, zog eine Nase aus, das Großonkelchen, klatschte eine Stirn zurecht, schnitt zwei Lippen in den Teig und alles haargenau nach dem Original des Forstgehilfen. Lachte dabei und sprach:

»Der wird«, sprach er, »Otto Mulz, genau wie du. Hoffentlich steckt er nur keinen Forst an.«

»Mir wird es«, sprach Mulz, »unheimlich zumute. Obwohl ich weiß, Heinrich Matuschitz, daß du manches kannst schnitzen mit deinem Messer, wußte ich doch nicht, daß du einen Striegeldorfer formen kannst nach seinem Ebenbild.«

Dann sah er atemlos zu, wie Ohr und Kinn entstanden, und zuletzt hielt er zitternd still, als ihm das Großonkelchen ein paar Haare absäbelte und sie an den Brotkopf klebte.

»Pschakret«, sagte der Forstgehilfe, »wenn ich schon früher so doppelt gewesen wäre, dann hätte einer von mir zu Hause bleiben können: die Wilddiebe hätten sich nicht rangetraut, die Frau wäre mir geblieben, ich hätte den Forst nicht angezündet und brauchte hier nicht zu sitzen. Wenn ich, pschakret, das alles gewußt hätte.«

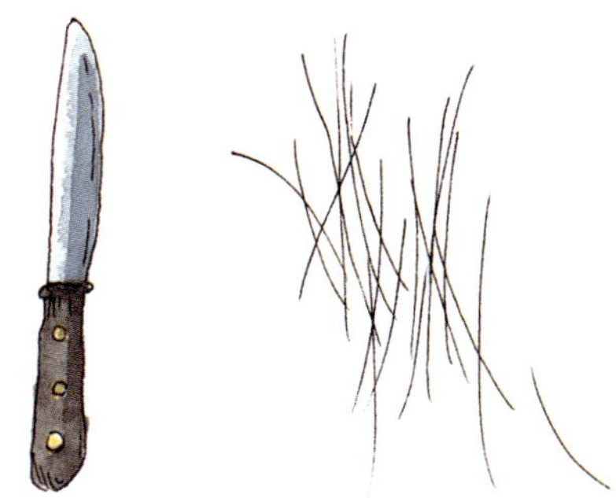

Nachdem der Kopf des Forstgehilfen fertig war, fabrizierte mein Großonkelchen sich selbst, und weil das Brot nicht hinreichte, nahm er zur Ausbildung des Hinterkopfes einige Pfefferkuchen, die ihnen, da das liebliche Ereignis unmittelbar bevorstand, hereingeschoben worden waren.

Kaum war er fertig damit, als die Klappe in der Tür fiel und Schneppat, der kurzatmige Aufseher, hereinschaute zum Zweck der Kontrolle. Er schaute wichtigtuerisch, dieser Mensch, und zum Schluß fragte er in seiner höhnischen Besorgtheit: »Na«, fragte er, »was wünschen sich die Herren zum Heiligen Abend?«

»Schlummer«, sagte mein Großonkelchen prompt. »Wir möchten bitten das Gesetz um langen, ungestörten Festtagsschlummer.«

»Könnt ihr haben«, sagte Schneppat. »Aber da ich nicht hier bin, werd' ich es Baginski sagen, dem Aufseher aus Sybba. Er löst mich ab für zwei Tage. Wer schlummert, sündigt nicht.« Damit ließ er die Klappe herunter und empfahl sich.

Seine Schritte waren noch nicht verklungen, als Heinrich Matuschitz die Brotköpfe hervorholte, sie auf die Pritschen legte, die Decken kunstgerecht hochzog und überhaupt einen unwiderlegbaren Eindruck hervorrief von zwei Herren im Festtagsschlummer. Wehmütig standen sie vor ihren Ebenbildern, ergriffen sogar, und dann sagte das Großonkelchen zu seiner Büste:

»Ich grüße dich«, sagte er, »Heinrich Matuschitz auf der Pritsche. Gott segne deinen Schlummer.«

Etwas Ähnliches sprach auch der alte Forstgehilfe, und nachdem sie Abschied genommen hatten von sich selbst, hoben sie das Gitter ab und verschwanden durchs Fenster in Richtung auf das liebliche Ereignis.

Dies Ereignis: es wurde angesungen von den Zöglingen der Striegeldorfer Schule, wurde von Glöckchen verkündet, vom Geruch gebratener Gänse, und ehedem hatte sich an der Verkündung auch der Wind im Striegeldorfer Forst beteiligt. Mein Großonkelchen und Otto Mulz, sie gingen mit sich zu Rate, wie sie das liebliche Ereignis ihrerseits am besten verkünden könnten, und nach schwerer Grübelarbeit beschlossen sie, es durch Gesang zu tun, mit den Zöglingen der Striegeldorfer Schule. Während des Gesanges schon wurden sie teilhaftig der Freude, obwohl die Oberlehrerin Klimschat, die das Singen befehligte, Mühe hatte, die Herren einzustimmen, bei jedem Mal, da sie die Stimmgabel anschlug, lauschte sie verwundert und sprach: »Mir kollert ein Tönchen nach dem anderen von der Gabel runter.«

Na, aber da sie von mitfühlendem Wesen war, ließ sie die Herren singen, und nach dem Gesang gingen diese zu meinem Großonkelchen nach Hause, wo neue Freude bezogen wurde aus gebratenem Speck, aus geräuchertem Aal und, natürlich, aus dem lieblichen Schein der Talglichter. Bezogen so viel Freude, die Herren, daß sie in einen schönen Streit gerieten, was sie dazu bewegte, mit Ofenbänken aufeinander loszugehen, sich unvergeßliche Schläge beizubringen und sich gegenseitig in die entferntesten Ecken zu schmeißen, wobei die Freude immer weiter stieg.

Als dem Otto Mulz eine Schulter ausgerenkt wurde, verfiel man wieder ins Singen, sang von dem lieblichen Ereignis, und nach abermaligem Essen suchten die Herren auf dem Fußboden nach einem Festtagstraum.

Träumten angenehm bis zum nächsten Tag, lächelten sich innig zu beim Erwachen und stellten fest, daß man nicht bestohlen worden war um rechtmäßige und zustehende Freude. Und nach solchen Versicherungen beschlossen sie, zurückzukehren in das ansprechende, wenn auch schmucklose Gefängnis, um unnötige Schwierigkeiten zu vermeiden. Machten sich also auf, die beiden, und gelangten alsbald zum Ort ihrer Bestimmung, der bewacht wurde von dem Aufseher Baginski aus Sybba. Dieser Mensch jedoch, wachsam wie er war, entdeckte die Herren, als sie in der Dämmerung durchs Fenster steigen wollten, rief sie drohend an und kommandierte:

»Der Unfug«, kommandierte er, »hat an diesem Haus zu unterbleiben, zumal Weihnachten. Alle Personen zurück.«

Worauf mein Großonkelchen entgegnete:

»Wir fordern nicht gerade, was recht, aber was billig ist. Wir gehören hierher. Wir sind, wenn ich so sagen darf, wohnberechtigt.«

Baginski lugte durch das Fenster, äugte eine ganze Zeit hinein, und dann sprach er:

»Die Betten, wie man sieht, sind besetzt. Die Herren schlummern. Da sie sich ausbedungen haben den Schlummer zum Festtag, hat jede Störung zu unterbleiben.«

»Ein Irrtum«, sagte Otto Mulz, dem die Kälte zuzusetzen begann. »Ein reiner Irrtum, Ludwig Baginski. Die Herren, die da schlummern, sind wir.«

»Wir möchten«, ließ sich mein Großonkel vernehmen, »die Schlafenden nur austauschen gegen uns.« Ludwig Baginski, der Aufseher, blickte düster, blickte zurechtweisend, schließlich sagte er:

»Meine Augen«, sagte er, »sie sehen, was nötig ist. Und hier ist nötig Ruhe für zwei schlummernde Herren. Also möchte ich bitten um das, was gebraucht wird zur Erhaltung des Schlummers: nämlich Stille.«

Stellte sich, weiß Gott, gleich ziemlich drohend auf, dieser Ludwig Baginski, und zwang die Herren abzuziehen. Nun, sie zogen davon bis zu den Baumstümpfen des ehemaligen Striegeldorfer Forstes, stellten sich zusammen, und da sie diesmal keinen Grund besaßen zu flüstern, vernahm man Otto Mulz folgendermaßen:

»Napoleon«, so vernahm man ihn, »hatte es schwer auf seinem Weg nach Rußland. Verglichen mit unserer Schwierigkeit, war seine ein Dreck.«

»Man müßte«, sagte Heinrich Matuschitz, »etwas ersinnen.«

»Mäuse«, sagte der alte Forstgehilfe. »Wir werfen Mäuse in das Zellchen, sie werden unsere Köpfe wegknabbern, und wenn wir nicht mehr da schlummern, wird man uns wieder reinlassen, und wir können in Ruhe abbrummen die letzten Wochen.«

»Auch die Mäuse, Otto Mulz, sind zu dieser Zeit angehalten zur Freude. Sie finden mehr als genug. Nein, wir müssen warten, bis Ludwig Baginski sich niederlegt zur Ruhe. Dann werden wir's noch einmal versuchen.«

Und das taten die Herren. Sie warteten frierend im ehemaligen Striegeldorfer Forst, und als die Stunde gut war und günstig, schlichen sie zum Gefängnis, stiegen diesmal unbemerkt ein, und waren gerade dabei, sich auf den Pritschen auszustrecken, als die Klappe in der Tür fiel und der Aufseher Baginski argwöhnisch hereinsah.

Es durchfuhr ihn, er grapschte in die Luft und taumelte zurück, und als die Benommenheit sich legte, rannte er nach dem Schlüssel, rannte zurück und schloß auf. Was er sah, es waren zwei blinzelnde Herren, die auf ihren Pritschen lagen. Aber Baginski gab sich nicht zufrieden, respektierte keinen Schlummer und keinen Festtag, sagte statt dessen: »Meine Augen, die sehen, was zu sehen ist. Und sie haben in diesem Zellchen erblickt vier Herren statt zwei. Demnach möchte ich bitten um Aufschluß über die zwei andern.«

»Wir haben, wie gewünscht, angenehm geschlummert«, sagte Mulz.

»Aber es waren vier, wie meine Augen gesehen haben.«

Darauf sammelte sich mein Großonkelchen und sprach:

»Wenn ich mich, Ludwig Baginski, nicht irre, geschehen zu diesem Termin Wunder auf der ganzen Welt. Warum, bitte sehr, sollte Striegeldorf verschont bleiben von solchen Wundern? Besser, es geschieht ein Wunder als gar keins. Habe ich richtig gesprochen, Otto Mulz?«

»Richtig«, bestätigte der alte Forstgehilfe, und die Herren wickelten sich jeder in sein Deckchen und wünschten sich gute Nacht.

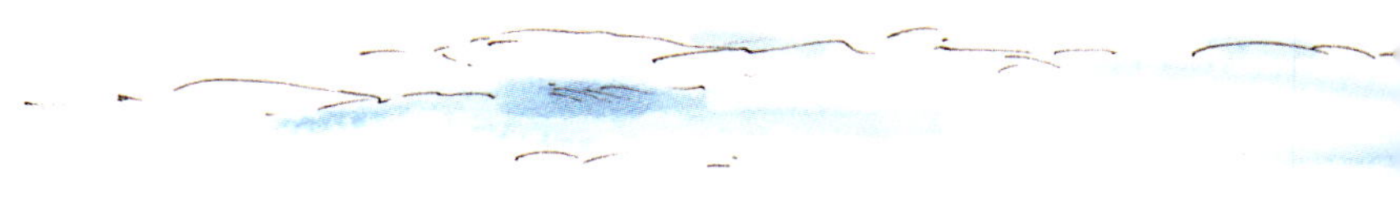

Siegfried Lenz (1926–2014) zählt zu den bedeutenden und meistgelesenen Schriftstellern der deutschen Literatur. Für seine Bücher wurde er mit vielen wichtigen Preisen ausgezeichnet, unter anderem mit dem Goethepreis der Stadt Frankfurt am Main, dem Friedenspreis des Deutschen Buchhandels und mit dem Lew-Kopelew-Preis für Frieden und Menschenrechte 2009. Seit 1951 veröffentlichte er alle seine Romane, Erzählungen, Essays und Bühnenwerke im Hoffmann und Campe Verlag.

Franziska Harvey hat bereits mehr als hundert Bücher für zahlreiche bekannte Verlage illustriert. Sie bebilderte Texte von Paul Maar, Cornelia Funke, Gernot Griksch und vielen anderen. Ihr *Handbuch für Prinzessinnen*, *Die zauberhaften Schwestern* oder die Erzählbände *Nele* von Usch Luhn sind allesamt Bestseller geworden. Tanztheater und zeitgenössischer Tanz gehören schon seit Jahren zu ihren Leidenschaften, die den Ausdruck und die Lebendigkeit ihres Zeichenstils mitgeprägt haben. Mit ihrem Tuschestrich bringt sie eine feine Mischung aus Liebe und Ironie zu Papier.

6. Auflage 2025
Copyright © 2012
Hoffmann und Campe Verlag
Harvestehuder Weg 42, 20149 Hamburg, produktsicherheit@hoca.de
www.hoffmann-und-campe.de
Text: Siegfried Lenz
Illustration: Franziska Harvey
Einbandgestaltung: katrinsteigenberger.de
Satz: atelier eilenberger, Leipzig
Gesetzt aus der Kepler Std
Druck und Bindung: Livonia Print, Riga
Printed in Latvia
ISBN 978-3-455-38083-5

HOFFMANN UND CAMPE

Ein Unternehmen der
GANSKE VERLAGSGRUPPE